Antonio Starace

Per alcuni socii nella impresa de' reali teatri contro il sig. Domenico Barbaja socio impresario

Antigonos

Antonio Starace

Per alcuni socii nella impresa de' reali teatri contro il sig. Domenico Barbaja socio impresario

Ristampa immutata dell'edizione originale del 1839.

1ª edizione 2024 | ISBN: 978-3-38605-349-5

Antigonos Verlag è un marchio della Outlook Verlagsgesellschaft mbH.

Verlag (Editore): Outlook Verlag GmbH, Zeilweg 44, 60439 Frankfurt, Deutschland, info@outlook-verlag.de
Vertretungsberechtigt (Rappresentante autorizzato): E. Roepke, Zeilweg 44, 60439 Frankfurt, Deutschland
Druck (Tipografia): Libri Plureos GmbH, Friedensallee 273, 22763 Hamburg, Deutschland

PER

ALCUNI SOCII

NELLA IMPRESA

DE' REALI TEATRI

CONTRO

Il Sig. Domenico Barbaja

SOCIO IMPRESARIO.

NAPOLI

—

DALLA TIPOGRAFIA FLAUTINA

1839.

Tu . . . . . . contra audentior ito.

VIRG: Æneid: VI, 95.

PROEMIO.

Egli è troppo vero, *che nelle controversie fra socii debbono gli avvocati infonder balsamo e non già olio bollente (a)*; ed avremmo desiderato, che questa massima fosse stata di guida alla difesa di D. Domenico Barbaja, siccome lo sarà per noi nel sostenere i diritti de' socii suoi. Conciossiacchè il grande uomo, che sostiene la sua causa, avrebbe con maggior ponderazione investigate le cagioni, che spinsero molti de' componenti il Consiglio di amministrazione alla lite; la quale ha per unico scopo la esatta e scrupolosa osservanza del contratto sociale, inutilmente inculcata dall'assemblea generale, reclamata dal Consiglio di amministrazione, desiderata da tutti i socii: avrebbe egli conosciuto la serie interminabile de' soprusi commessi da Barbaja, e che ora la tolleranza de' socii, or l'amor della pace, or la speranza di miglior avvenire avevan legittimati e coverti di obblio: avrebbe quindi colla sua autorità fatto istrutto Barbaja, che ogni socio *entrando in società, depone la sua entità individuale per assumer quella del corpo, di cui ha voluto esser parte*: e

(a) Parole della difesa di Barbaja pag. 27.

così ha sottomesso la sua volontà alla volontà generale: che una tal dipendenza non potrebbe esser rotta ; non potrebbe taluno ritornare all' esercizio de' suoi proprii diritti, senza che il tutto sociale rimanesse scomposto: che in fine la mano non potrebbe agire o patire in una maniera indipendente dal resto dell' uomo, e sarebbe mestieri troncarla (a). Nè valere, che un socio abbia impegnato maggiori capitali degli altri, e presuma trattare con miglior successo gli affari sociali: la sua volontà, per quanto rischiarata si fosse, rimane sempre avvinta e soggiogata dalla legge sociale. – Avrebbe pure quel sovrano ingegno avvertito, che invano per la causa del suo cliente cercava conforto nel tesser l' elogio de' più distinti artisti che possiede l' Impresa, e di coloro che danno speranza di agguagliarne il merito; perocchè gli si sarebbe potuto rispondere, come a colui che in una adunanza per tutt' altro oggetto raccolta imprese a far le lodi di Bacco: *di ciò niuno aver mai dubitato.* Allora certamente avrebbe consigliato al suo cliente di por freno alla vivacità del suo temperamento, osservare il contratto sociale, non malignare le intenzioni de' suoi socii, concorrer con essi al bene della società...

Ma noi volendo veracemente *infonder balsamo, e non già olio bollente*, ci asterremo dall' ornar delle industrie della dialettica il nostro qualunque siasi lavoro, e condurremo la difesa in maniera, che i fatti, più eloquenti delle parole, provino da qual lato stia il torto o la ragione: lontano essendo da noi, siccome dall' animo de' nostri mandanti, sino il pensiere della offesa.

(a) Parole della difesa di Barbaja pag 13.

CAPITOLO I.

FATTI PRELIMINARI.

Non è vero, che il solo Barbaja fosse tocco dalla trista condizione, in cui era il pubblico per aver cessato di essere in azione i Reali teatri, e più ancora dai lamenti delle numerose famiglie che da quella erano usi di trarre la loro sussistenza (a). Questo nobile pensiero fu di tutti coloro i quali si riunirono in società, e determinarono Barbaja a rianimar l'Impresa confidando nella sua esperienza, quante volte il suo arbitrio venisse refrenato da certe leggi, che la Società avesse imposto a se medesima. Che sia così e non altrimenti, lo depone l'esordio del contratto sociale concepito ne' seguenti termini: *i sottoscritti avendo preinteso, che siano tornate vane le trattative tra il Real Governo, ed i signori Taglioni, e Guillaume per l'Impresa de' Reali teatri dal corrente anno in poi, animati dal desiderio di voler concorrere, per quanto è da essi, alla riapertura del Teatro massimo, decoro di questa capitale, principalmente per dar mezzi di sussistenza a numerose masse rimaste inoperose a causa della cessazione dell'Impresa de' cennati Teatri ; hanno stabilito, e convenuto quanto segue.*

L'articolo 4.º attribuiva al signor Barbaja la facoltà di assumere la qualità d'Impresario a fronte del Real Governo e de' terzi; e l'art. 5.º dichiarava socii amministratori lo stesso Barbaja e D. Vincenzo Flauto; attribuendo al primo *la direzione di tutto il servizio teatrale,* ed al secondo *la parte economica e morale dell'Impresa, ed il regolarne la contabilità.* Si aggiugneva, che *per gli altri lavori ammi-*

(a) V. La difesa di Barbaja pag. 5.

nistrativi dell' Impresa, il signor Flauto sarebbe stato coadjuvato da D. Fortunato Cafaro socio onorario.

L' art. 6.°, che vedesi con industria obbliato nella esposizione dei patti cardinali della società (a), stabiliva così: *l' Amministrazione dell' Impresa avrà un Consiglio composto di sei partecipanti. Costoro dovranno dagli amministratori essere consultati su ciò, che concerne il modo dell' andamento della Impresa, e PRINCIPALMENTE PER TUTTE LE OBBLIGAZIONI, CHE DOVRANNO ASSUMERSI DALL' IMPRESA STESSA.*

Di quì è chiaro, che le operazioni tutte dell' Impresario e del socio amministratore, in quanto potevano indurre obbligazioni della Società verso i terzi, dovevano essere preventivamente approvate da una deliberazione del Consiglio presa a maggioranza nella maniera stabilita dall' art. 7.° Ed ove altra riprova si volesse di questa verità, la darebbe l'art. 9°, il quale porta: *ogni obbligazione, che sarà contratta dagli amministratori senza l' approvazione del Consiglio rimarrà a loro carico personale, e non sarà ammessa nel conto dell' Impresa.*

Questo articolo appresta un rimedio al male oprato dagli amministratori, i quali gravassero la società di obbligazioni non approvate dal Consiglio, facendone ad essi patire le conseguenze. È in sostanza una sanzion penale per essere la società ristorata del danno patito; ma non aggiugne lo scopo di evitarlo: di che i socii han fatto trista esperienza; perocchè il signor Barbaja non ha serbato nè modi nè forme nel contrarre obbligazioni a carico della Società, le quali è bisognato alla fine ammettere, per non venir prima a guerra con lui.

La ferma garentia degl' interessi sociali è riposta, a nostro debole modo di vedere, nell' assicurare l'e-

(a) V. la difesa di Barbaja a pag. 7.

seeuzione del contratto in maniera, che le obbligazioni seguano, e non precedano le deliberazioni del Consiglio; e per ottenere un fine cotanto giusto, l'espediente sarebbe semplicissimo, serbato in tutte le società; quello appunto di dar fuori una circolare, con cui si annunzierebbe al Pubblico, che le obbligazioni di ogni maniera assunte dai socii amministratori, non legassero altrimenti la Società, che quando in esse fosse indicata la deliberazione corrispondente col visto del presidente, o dell'altro socio amministratore. Con un tal sistema si toglierebbe alla discordia fino la possibilità di accendere il suo fuoco. E perchè siffatto espediente sia adottato dall'assemblea generale, o comandato dalla giustizia, i socii, che difendiamo, non rifiniranno, nè si stancheranno giammai d'insistervi. Ed è in questo senso che va intesa la loro dimanda d'inibirsi a Barbaja lo scriver lettere senza l'autorizzazione del Consiglio; vale a dire di quelle lettere, per le quali si contraggono obbligazioni verso gli artisti, secondo che si usa in simili faccende: e bisognava veramente *aver la testa di legno (a)* per credere, che si volesse interdire a Barbaja la facoltà di scrivere qualsiasi lettera. Scriva egli pure quanto più gli aggrada ai suoi amici, ed ai suoi corrispondenti; sol che non metta a debito della società le spese di posta per affari che non la riguardano nè molto, nè poco; e quando poi si tratta di stringere nella qualità d'Impresario obbligazioni verso i terzi, ne riceva prima l'autorizzazione dal Consiglio di amministrazione.

Questa digressione, che pur forma l'oggetto principale delle cure dei socii attori, ci ha svolti dal cammino della narrazione de' fatti e delle cagioni, a cui facciamo ritorno, per indi a suo luogo intrattenerci di proposito su tale argomento.

_____

(a) Parole della difesa di Barbaja pag. 18.

Con l'enunciate principali condizioni si costituiva dunque la società per la Impresa de' Reali Teatri.

Il capitale sociale si definiva a non meno di 40,000, a non più di 50,000 ducati, diviso per cinquanta azioni: di queste quante ne prendesse Barbaja, ed in qual maniera le pagasse, lo vedremo a suo luogo per non ridire più volte le stesse cose. Certo è, che il signor Flauto soscrisse per cinque azioni, e tutte le ha pagate, siccome costa dalla partita del Banco (a): e sulla fede di Barbaja si è asserito francamente, che *aveva quattro azioni, ne ritenne sol due, e ne ha pagato una e mezza* (b).

(a) 1838 a 4 maggio.

« A D. Vincenzo Flauto duc. centoquarantanove, e gr.
» 16 arg. 3 maggio 1838. Banco pagate al sig. D. Domenico
» Barbaja liberi, ed espliciti nella sua qualità d' Impresa-
» rio de' Reali Teatri, è sono a saldo di duc. cinquemila-
» trecentonovantanove e gr. 16, avendo i mancanti ricevuti
» precedentemente parte in contanti, e parte in polizze; e
» tutti sono cioè duc. cinquemila per cinque azioni prese
» nella Impresa de' Reali Teatri, cioè quattro per mio con-
» to, ed una di conto di D. Antonio Monaco, e duc. tre-
» centonovantanove, e gr. 16 per interessi dovuti giusta la
» deliberazione del Consiglio di Amministrazione dell' Im-
» presa de' 13 novembre ult. cui mi riporto; restando pie-
» namente saldato, e soddisfatto esso sig. Barbaja, e la Im-
» presa tanto della sorte principale di dette azioni quanto
» degl' interessi, senzacchè abbiasi altro a pretendere da me
» nè dal sig. Monaco per la causa su espressata, e così ec.
» Napoli 1.º maggio 1838 Vincenzo Flauto — per altrettanti
» Domenico Barbaja. — Il suddetto D. Domenico Barbaja può
» esiger la detta somma anche per Banco, come da docu-
» mento conservo -- notar Raffaele Giannini di Napoli --
» Firme al piè Ferdinando Palma fol. 263 — Masullo sono
» duc. . . . . 149. 16.
» Noi Governatori ec. ec.

Dipoi il sig. Flauto ha ceduto due delle cinque azioni al signor D. Pietro Barbaja.

(b) Difesa di Barbaja a pag. 10 in nota.

Nei contratti spariscono le distinzioni sociali (a):
il patto adegua tutte le condizioni del pari che la
legge; massime nella società, di cui la eguaglianza è
l'anima informatrice: in ciò Barbaja trova il suo conto
più di ogni altro socio. Nulladimeno la Società vanta
con orgoglio a Presidente il principe di Ottajano, tra
i socii il principe di Caramanico, il principe di Fon-
di, il duca di S. Teodoro, il duca Marotta, il duca
Torlonia, ed altri molti, i quali per doti di mente e
di cuore accrescono il lustro de' loro natali. .Però niuno
de' socii può dirsi secondo a chicchessia in fatto di
probità, e di rettitudine d' intenzioni.

Non lice apporre ai socii un proponimento diverso
dallo scopo della società; ed assai meno esagerare il
disinteresse di alcuni, ed apostrofare di avidità alcuni
altri, sol perchè si mostrano più solleciti della osservanza del contratto, che torna a vantaggio di tutti. Che
se per avventura vi fossero stati tra i socii taluni, *i
quali avean persuasa a se stessi la possibilità di
conseguire un duplice scopo, cioè quello di divertirsi e di farvi un guadagno* (b); non perciò il signor Barbaja aveva il diritto di attristarli, e di esporli
a perdita, infrangendo il contratto sociale.

Il signor Barbaja, intollerante di ogni freno per
temperamento e per vecchie abitudini, presumeva essere Impresario per proprio conto, mentre lo era qual
rappresentante di una società con leggi stabilite.

Lasciamo stare che Barbaja prima contraeva le obbligazioni, e poscia riduceva il Consiglio ad approvar-
le; che troppo lungo e nojoso sarebbe il ripetere la serie de' soprusi comportati per amor della pace, e nella
speranza di una più regolare condotta per l'avvenire;
diremo soltanto, che tre cose sopra tutto riuscirono assai moleste ai socii.

(a) V. le diverse classi in cui Barbaja si permette di
dividere i suoi socii, pag. 6. della sua difesa.
(b) Parole della difesa di Barbaja a pag. 6.

La prima di aver impedito il contratto con Guillaume per lo appalto del vestiario, pretessendo economia, per far poi pagare a caro prezzo i miseri avvanzi di un suo vestiario vecchio e sdrucito, con grave danno della Società; e come in ciò riuscisse, e quali modi adoperasse, vedremo più diffusamente a suo luogo.

La seconda, che abusando del nome, e della veste d'Impresario, prendeva anticipazioni sulla sovvenzione che paga il Real Governo, invertendole ad estinguere sue private obbligazioni, mentre in ogni tempo la cassa sociale fu ricca di numerario e di effetti.

La terza, di scritturare una quantità di artisti mediocri oltre il bisogno del servizio de' Reali Teatri, che rimanevano affatto inoperosi, dovendoli ritirar dalle scene per non esser tollerati dal pubblico.

Per porre un argine a mali sì gravi, non alcuni de' socii, ma l'assemblea generale nella tornata del 4 novembre 1837 decretava formarsi pel seguente anno teatrale dal 1838 al 1839 lo stato discusso, *categoricamente di tutte le spese necessarie al servizio de' Reali Teatri, ai termini del contratto col Real Governo, bilanciandoli cogl'introiti presuntivi di ciascun anno teatrale limitati al minimo:* ed inculcava la osservanza del contratto nei seguenti termini: *Sulle basi di questo stato discusso i socii amministratori sig. D. Vincenzo Flauto, e D. Domenico Barbaja regoleranno l'andamento generale del servizio de' Reali Teatri, potendo, sempre che lo stimeranno necessario, convocare il Consiglio di amministrazione, e provocare le autorizzazioni ove crederanno averne bisogno, essendo eglino responsabili di qualunque operazione che eccedesse i limiti dello stato discusso, E CHE NON FOSSE STATA PRECEDENTEMENTE AUTORIZZATA DAL CONSIGLIO DI AMMINISTRAZIONE.*

Ma non fu facile recare in atto la deliberazione dell'assemblea generale, per la viva resistenza che opponeva Barbaja, esagerando le spese, ed elevandole fino a ducati 138,000; mentre il socio amministratore Flauto sosteneva e provava, che con ducati 112,000, poteva farsi il servizio con soddisfazione del Real Governo e del pubblico. In questa divergenza di opinioni tra i socii amministratori, il Consiglio se ne riportò all'assemblea generale; la quale nella tornata del 19 dicembre, sul rapporto del Presidente signor principe di Ottajano, che facea notare il grave inconveniente della moltiplicità *delle scritture e degli obblighi già esistenti;* fissò il massimo termine delle spese a ducati 134,000, confidando nella diligenza del Consiglio di amministrazione, e nella fermezza del socio amministratore signor Flauto, che di molto verrebbero ridotte; e tornò ad inculcare la osservanza del contratto, da cui soltanto poteva sperarsi, che la Impresa risorgesse, od almeno non facesse naufragio.

L'adunanza generale (sono le precise parole della deliberazione) *avendo prese in considerazione le suddette circostanze, dopo un maturo esame ha deliberato ad unanimità, che il Consiglio di amministrazione rimane autorizzato a formare lo stato discusso per lo venturo anno teatrale 1838 al 1839; fissando gli esiti per una somma non maggiore di ducati 134,000, RESTANDO GLI AMMINISTRATORI SIGNORI BARBAJA E FLAUTO PERSONALMENTE RESPONSABILI DI OGNI OBBLIGAZIONE CHE ASSUMESSERO, SENZA AVER PRECEDENTEMENTE OTTENUTA L'AUTORIZZAZIONE DEL CONSIGLIO DI AMMINISTRAZIONE AI TERMINI DEL CONTRATTO SOCIALE.*

Barbaja cercò di profittare del massimo termine assegnato alla spesa dall'assemblea generale in ducati 134,000; e dimentico di aver sostenuto a voce e per iscritto essere necessaria al servizio della Impresa la somma di ducati 140,000, o in quel torno, e di aver speso nell'anno del flagello duc. 147,000 circa, quando egli dispose a suo arbitrio di tutte le cose; offriva prendere a partito forzoso la gestione della Impresa per duc. 129,000; al che taluni aderivano; ma più di ogni altro si oppose l' ottimo signor principe di Ottajano, convinto, siccome lo fu poscia l'intero Consiglio, della esattezza dei calcoli del socio Flauto.

Il Consiglio di amministrazione fissò lo stato discusso malgrado le opposizioni di Barbaja a ducati 119,300 nella sessione del 3 gennajo 1838.

Il sig. Barbaja levò gran rumore contro questa deliberazione, e protestava di non poter fare il servizio de' Reali Teatri; metteva innanzi la sua qualità d' Impresario in faccia al Governo, ed osava dire che ne agirebbe a suo modo, disprezzando il contratto sociale, e le deliberazioni dell' assemblea generale, e del Consiglio di amministrazione. Quindi i socii a schivar lo strepito di un giudizio, e per trovar modo di sciogliersi da ogni responsabilità, immaginarono dirigergli la seguente protesta: *I socii tutti partecipanti all' Impresa de' Reali Teatri dichiarano al sig. Barbaja, che quante volte egli non intenda stare allo stabilito nel contratto sociale de' 20 maggio 1836, e conformarsi alle deliberazioni del Consiglio di amministrazione per lo buono ed economico andamento dell' Impresa, ssei sono pronti allo scioglimento del contratto, facendosi la liquidazione al sabato di Passione corrente anno 1838; e rimanendo da quest'epoca in poi per conto assoluto di esso Barbaja l' Impresa stessa. In difetto intendono valersi de' loro diritti, e rivolgersi per ogni danno al sig. Barbaja medesimo — Napoli 15 gennajo 1838. (a)*

Non isgomentò il sig. Barbaja, nè cangiò sistema,

.

(a) Sottoscrissero questa protesta: — *Il Principe d'Ottajano — Vincenzio Flauto — Onofrio Petagna — Nicola Filosa — Giovanni Caffiero — Pasquale Campagnoli — Antonio Monaco — Francesco Ferrara — Gaetano Coccia — Domenico Cucciniello — Federico Sorvillo — Il Marchese di Cesa — Antonio Niccolini — Per procura di S. E. il Signor Principe di Caramanico Pasquale Campagnoli — Carmine Severino — Marchese Targiani.*

e giunse fino a stancare la pazienza del ragguardevole Principe di Ottajano, il quale era deliberato a deporre la Presidenza, quante volte Barbaja non rientrasse nell'ordine. La qual cosa dispiacevole per tutti i socii, saputasi dal Cav. Niccolini, che onora da gran tempo di sua amicizia il sig. Barbaja, gli scriveva nei seguenti termini, per ricondurlo ai suoi doveri.

» Caro Barbaja. = Ho saputo questa mattina la » cosa più importante trattata nell'appuntamento di » jeri, a cui non intervenni, ed è che il sig. Prin- » cipe di Ottajano era deciso di lasciare la Presidenza, » qualora le cose non potessero andare regolarmente, » come gli azionisti hanno diritto di pretendere dai » componenti del Consiglio. Quindi non potendo esi- » stere regolarità alcuna, ove non fossero adempite pun- » tualmente le determinazioni che dal Consiglio mede- » simo si stabiliscono, ho creduto mio preciso dovere » inviare a detto sig. Principe la dichiarazione di cui » ti accludo copia, poichè stimo necessario, non che » desiderabile, che questo rispettabilissimo personaggio, » non si ritiri, e tu pure dovresti essere dello stesso » avviso; tanto più che, ove egli lasci le sue funzioni » di Presidente, sento che quasi tutti i consiglieri se- » guiranno il suo esempio. E però, caro Barbaja, *ti ri-* » *peto in iscritto ciò che verbalmente ti dissi l'altra* » *sera presente Villa, ed i tuoi figli* — UNISCI LA » TUA VOCE ALLE VOCI DEL CONSIGLIO, E DEGLI » AZIONISTI. — *La Sopraintendenza, l'Eccellen-* » *tissimo Ministro, ed il pubblico sappiano, che la* » *Impresa fa più di ciò che richiede il contrat-* » *to.* — *Che nè l'Impresario, nè gli azionisti si pre-* » *stano in servizio del pubblico e del Real Governo* » PER SPIRITO DI GUADAGNO, CHE ANZI NON IN- » TENDONO VOLER GUADAGNARE; POICHÈ, OVE AV- » VENGA CHE IN ULTIMO RISULTI UTILE, CIO' SA- » RA' A BENEFICIO DE'POVERI; E CHE IN PROVA » L'AMMINISTRAZIONE LASCERA' APERTI I SUOI » LIBRI PER SODDISFAZIONE DI TUTTI. — SE

» *QUESTE VERITA' VERRANNO PROPAGATE A VOCI*
» *UNISONE, SARANNO CREDUTE.* — *Il Pubblico sa-*
» *rà meno esigente, il Real Governo più inclinato*
» *a proteggere una Impresa disinteressata; e tu ac-*
» *quisterai pace, e sarai ringraziato da tutti.* —
» *In altro caso SE LA TUA VOCE, CHE È ASSAI*
» *STRILLANTE, AVRA' UN TUONO DIVERSO, NA-*
» *SCERA' DISSONANZA E CONFUSIONE; nessuno di*
» *noi sarà creduto; e tu anderai innanzi in conti-*
» *nue amarezze, facendoti nemici i socii che tu*
» *stesso scegliesti, e lusingasti, e che potresti con-*
» *servarti amici; e perchè? dimmi almeno perchè,*
» *caro Barbaja?* — *perchè essere SI' CIECO ED*
» *OSTINATO in tuo danno?* — non ha altro a sog-
» giungerti — Il tuo affezionatissimo amico NICCOLINI.»

Dica ora il sig. Barbaja, se alcuni fra i socii *ave-*
van persuasa a se stessi la possibilità di conseguire
un duplice scopo, cioè quello di divertirsi, e di far-
vi un guadagno nella Impresa de'Reali Teatri; dopo
che per la bocca del Cav. Niccolini apprendiamo quali
intenzioni nobili e disinteressate animavano tutti i socii,
e si tentò invano che egli vi concorresse, e si deter-
minasse una volta a rispettare il contratto.

Ma la ostinazione del sig. Barbaja fu di sprone
allo zelo del socio Amministratore sig. Flauto, ed alla
fermezza del Consiglio. Il primo provava con suo elabo-
rato rapporto potersi fare una maggiore economia nelle
spese; ed il secondo le riduceva a duc. 113,000 nella
sessione del 6 aprile 1838; malgrado le rimostranze
del sig. Barbaja, il quale pur scrisse, o fece scrivere
un altro rapporto; decretando nella seguente maniera:

Visti i due rapporti presentati dal socio signor
Barbaja, e dal socio amministratore signor Flauto,
ha disposto alligarsi i suddetti due rapporti alla
presente deliberazione. Il Consiglio approva l'esito
per l'anno venturo nella somma di duc. 113,000
per l'economia dell' Impresa; salvo quegli aumenti
che crederà necessarii l' Impresario signor Bar-

baja, ed il socio amministratore signor Flauto, DA PROPORSI AL CONSIGLIO; i quali però non dovranno mai aumentare l'esito al di là di duc. 118,000

I fatti dunque, sempre più eloquenti delle parole, provano, che la Società *è risorta nel terzo anno con felicissimi auspicii, e sollevata dalla diligenza del Consiglio di amministrazione, può ben dirsi ch'è in fiore, e che l'è pure al di sopra delle speranze de' socii, che sono costretti a combattere Barbaja.* Perciocchè mentre il signor Flauto *annunziava al Consiglio, che l'introito di quest'anno resterebbe ad un di presso fra i 16,000 ed i 20,000 ducati: esso di già ha sorpassato i 22,000, ed aspetta l'aumento di circa quattro altri mesi, che sogliono essere i migliori di una Impresa teatrale (a).*

Da risultamenti sì lieti facilmente si argomenta quanto maggior utile avrebbe ricavato l'Impresa, se prima si fosse risoluto il Consiglio a refrenare gli abusi del signor Barbaja; poichè nel primo anno teatrale si ebbe il vantaggio di esigere dal Real Governo, e dagli appaltati per dodici mesi, e di spendere per otto con una compagnia mediocre di cantanti, e di ballerini, e pure non si ebbe un utile maggiore di duc. 10,000. Che sebbene nel secondo anno *la Capitale per ben due volte fu invasa da quel tremendo malore, innanzi a cui l'armonia dimenticava i suoi incanti, l'industria le sue cure, la vita i suoi piaceri; e nella maggior parte degli uomini la sensibilità non sembrava che fosse rimasta, se non per sorbire il dolore:* pure è una verità incontrastabile, che da un lato la Impresa riscosse la intera sovvenzione dal Governo; più una indennità per lo tempo destinato alle pubbliche preci; e l'intera paga degli appaltati: e dall'altro, che quel tremendo malore tolse molti ar-

(a) Parole della difesa di Barbaja a pag. 9, ritorte contro di lui.

tisti, ed a molti altri impedì che si recassero in Na‑
poli; liberando la Impresa da molte obbligazioni gra‑
vissime.

Nè poi l'introito preso insieme fu tanto scarso per
quanto si vorrebbe dare ad intendere, perocchè ascese
a duc. 129,868 e grana 52; e fu l'esito strabocchevole
ed inconsiderato in duc. 146,875 e grana 34, che pro‑
dusse la perdita di ducati 17,006:82: perdita che non
si sarebbe sofferta; anzi si sarebbe avuto un guadagno
di circa duc. 10,000; se le spese si fossero prima ri‑
dotte dal Consiglio alla giusta misura, e non fosse stato
il timone della Impresa abbandonato nelle mani di Bar‑
baja per quelle tristi vicende. E di quanto affermiamo
ne dà pruova senza replica il terzo anno teatrale in
corso, che con le spese al massimo di 120,000 ducati, e
facendosi un servizio di piena soddisfazione del pubbli‑
co, si ha già un introito serale assicurato di altri 22,000
ducati, *ed aspetta l'aumento di circa altri 4 mesi,
che sogliono essere i migliori di una Impresa tea‑
trale.* Verità confessata nella difesa del signor Barbaja.

Dalle cose finora discorse egli è facile il compr40en‑
dere, che il contratto con Guerra, e l'altro con Viool
conchiusi da Barbaja, non solamente senza l'appro‑
vazione del Consiglio, ma contro le deliberazioni del
medesimo, comunque sieno fatti gravi ed incomporta‑
bili, han dato la occasione e l'impulso alla lite; ma
non costituiscono le sole cagioni che hanno determi‑
nato i socii più tenaci della osservanza del contratto
sociale ad imprenderla: è la scintilla che ha destato
l'incendio, stando già da gran tempo raccolta la ma‑
teria, che doveva produrlo. Sono essi episodii di mag‑
giore argomento, quanto è quello di ridurre Barbaja
per l'autorità della legge e del giudicato ad osservare
un contratto, che nè la voce della ragione, nè quella
del dovere, nè quella dell'amicizia è valuta finora a
persuaderlo di rispettare; ed imporgli tal freno da non
temere che le piaghe rammarginate dall'amministra‑
zione, si riaprano.

Passiamo ora ad esaminare brevemente le quistioni che la causa presenta, seguendo l'ordine tracciato nella difesa del signor Barbaja.

C A P I T O L O II.

QUISTIONI A RISOLVERE.

I.° Gli attori han forse diritto a stare in giudizio?

II.° Possono essi richiedere direttamente delle provvidenze dal Tribunal di Commercio; o debbono esser respinti ad un giudizio arbitrale?

III.° Il rimedio che essi chiedono, per preservare la Società dai soprusi di Barbaja, è forse regolare?

IV.° Le colpe che gli attribuiscono son forse sussistenti?

V.° Regge forse la doglianza che il sig. Barbaja ha proposta relativamente al bilancio non presentato da Flauto?

C A P I T O L O III.

SU LA SPETTANZA DI AZIONE.

Se egli è vero da un lato, che ognuno *entrando in società depone la sua entità individuale per assumer quella del corpo di cui ha voluto esser parte; e così sottomette la propria alla volontà generale;* è pur vero dall'altro, che l'abbandono della entità individuale, e la sommessione della propria alla volontà generale, non va intesa altrimenti, che sotto le condizioni stipulate nel contratto sociale, il quale forma la legge fondamentale della Società. Gli stessi corpi costituiti a rappresentarla non potrebbero impunemente violare la legge costituente, ed ove tutt'i socii cospirassero a manometterla, un solo avrebbe azione per ricondurli ed obbligarli all'osservanza.

In questa materia bisogna distinguere tra le forme prescritte ad esercitare il potere, e l'esercizio del potere medesimo: e distinguer pure tra ciò che entra nei confini del mandato, e ciò che li sorpassa. Ogni atto che non serbasse la doppia condizione della forma sostanziale e della materia delegata sarebbe essenzialmente nullo.

Valga a conferma della prima distinzione l'esempio scelto nella difesa del signor Barbaja. Se tutti i giudici di un collegio scrivessero i voti dalle loro case, s'incontrassero pure nella stessa opinione, non vi sarebbe sentenza.

Ed a conferma dell'altra distinzione si può addurre l'esempio, che la gran Corte civile dannasse taluno alla pena capitale; che la gran Corte criminale aggiudicasse una successione.

Così in una società i componenti il Consiglio di amministrazione, e la stessa assemblea generale non conchiuderebbero veruna deliberazione senza convocarsi regolarmente: e la loro deliberazione sarebbe nulla, ove per avventura oltrepassasse i confini assegnati al mandato nel contratto sociale, e ciascun socio potrebbe richiamarsi alla giustizia perchè simili abusi venissero repressi.

Ciò che dicesi de' corpi costituiti a rappresentare la società, si applica a più forte ragione a quei socii, ai quali fosse delegata qualche potestà.

Or nella specie è legge scolpita nell'art. 6. del contratto sociale, che niuna obbligazione possa conrarsi dai socii amministratori, se prima non abbiano ricevuto l'autorizzazione dal Consiglio: legge, di cui invano l'assemblea generale, ed il Consiglio di amministrazione, hanno al signor Barbaja ripetutamente inculcata la osservanza; fino a ridurre il rispettabile Presidente a protestarsi che si sarebbe dimesso dalla sua carica: esempio che tutti i componenti del Consiglio non avrebbero tardato di seguire. Nè le amichevoli insinuazioni del cavalier Niccolini son valute a rimuover Barbaja dal proponimento di sostituire il suo sfrenato talento alle condizioni del mandato nelle incumbenze a lui confidate.

I contratti con Guerra e con Viool fanno pruova di peggio; perocchè non senza l'autorizzazione del Consiglio sono stati conchiusi, ma contro le sue deliberazioni.

Nè vale il dire, che la conseguenza di un tanto disordine sia preveduto dall'art. 9. del contratto, lasciandosi a peso dell'amministratore le obbligazioni assunte senza l'autorizzazione del Consiglio; e più ancora contro le sue deliberazioni. Conciossiachè egli è questo assai debole rimedio al male avvenuto; ed i socii han diritto di ricorrere alle garentie del contratto, per trovar modo che divenga impossibile il riprodursi: al quale scopo principalmente tende l'attual piato. Modo accennato di sopra, e che il contratto vigorosamente appresta: modo tanto più necessario, in quanto che Barbaja possiede il mezzo da rendere inutile la sua responsabilità; perciocchè avendo egli la direzione degli spettacoli fa agire gli artisti scritturati senza l'autorizzazione del Consiglio, o contro le sue deliberazioni, e poscia viene esagerando gli utili ricevuti per lo maggior concorso del pubblico, ed invoca la regola, che il comodo sia compagno indivisibile dell'incommodo; donde trae il doversi attribuire a lui il maggior profitto, impossibile a liquidarsi; per cui la Società è ridotta all'alternativa, o di tollerare in pace i soprusi del signor Barbaja, o d'involgersi in liti dispendiose, ed interminabili.

Se dunque è vero, siccome è verissimo, che il Consiglio di amministrazione, e la stessa assemblea generale non potrebbero scommettere le leggi del contratto, ed ogni socio avrebbe il diritto di ricordare a quei corpi l'osservanza del mandato; egli è del pari un punto fuori controversia, che i socii attori possono richiamarvi il signor Barbaja, e compete loro l'azione *pro socio* contro di lui.

CAPITOLO IV.

SU LA NECESSITA' D'INVIARE LA QUISTIONE AD ARBITRI.

Noi usi a patrocinare i nostri clienti col presidio della legge, e non contro le disposizioni di essa, conveniamo che la quistione debba rinviarsi ad arbitri, dappoichè ad essi va rimandata *ogni controversia tra socii, e per motivo di società* (art. 60 delle leggi di eccezione).

Ma da questa stessa disposizione della legge sorge una luminosa ripruova del nostro assunto, che ad ogni socio competa azione per reclamare l'osservanza del contratto sociale, nè questa si spegne in qualunque società per i diversi modi ne' quali possa essere costituita e rappresentata. Conciossiacchè la legge non distingue tra le diverse specie di società, e lo avrebbe fatto, se potesse avverarsi, che in alcuna i socii perdessero ogni entità individuale, e la loro volontà rimanesse soggiogata alla generale, fino al punto da rendere inoperose le condizioni sotto le quali eglino perdettero la entità individuale, e sottomisero la propria alla volontà generale. Per l'opposto la legge dirige il suo precetto a' socii individualmente presi, e per motivo di società, ossia per cause dipendenti dai patti sociali; il che presuppone non perduto il diritto, e competere l'azione a ciascun socio per reclamarne la osservanza.

Che se poi le controversie promosse abbiano il favore, o la resistenza del contratto sociale, ciò riguarda il merito, e non la competenza dell'azione.

CAPITOLO V.

SU LE MISURE CHE SI CHIEDONO PER FRENARE GLI ABUSI DI BARBAJA.

Il contratto del 3o maggio 1836, non solamente determina le facoltà di Barbaja, ma i suoi doveri, e le attribuzioni del Consiglio di amministrazione, per evitare gli abusi delle prime, ed obbligarlo all'osservanza de' secondi. È uopo riandare le leggi fondamentali del contratto medesimo.

Coll'art. 4.° la Società concede a Barbaja la ·facoltà di assumere *nel proprio nome la Impresa tanto verso il Governo , quanto verso i terzi , e perciò fermerà i correlativi contratti col Real Governo, e gli artisti , appaltatori , ed altr:.*

Per altro Barbaja nella esecuzione delle sue incombenze non ha un arbitrio sfrenato: sono le precise parole del suo illustre Avvocato: poichè si dice nel patto 6.° che *l'amministrazione dell' Impresa avrà un Consiglio composto di sei partecipanti. Costoro dovranno dagli Amministratori essere consultati su ciò che concerne il modo dell' andamento dell' Impresa,* PRINCIPALMENTE PER TUTTE LE OBBLIGAZIONI *che dovranno assumersi dall' Impresa stessa — Ogni obbligazione,* (si aggiunge nel patto 9.) *che sarà contratta dagli amministratori senza l' approvazione del Consiglio, rimarrà a loro carico personale, e non sarà ammessa nel conto dell' Impresa.*

Bene quindi il signor Barbaja nella qualità d'Impresario ha sottoscritto il contratto col Real Governo, e lo autorizzava a ciò lo stesso contratto sociale. Egualmente bene ha sottoscritto, e sottoscriverà tutti i contratti necessarii all'andamento dell' Impresa, purchè però ne sia stato preventivamente autorizzato da una deliberazione del Consiglio di amministrazione. Male, e.

sempre male, si avviserà di contrarre qualsiasi obbligazione senz'averne ricevuta l'autorizzazione dal Consiglio; e peggio ancora ha fatto quando le ha contratte contro le deliberazioni prese dal medesimo, siccome è avvenuto per Guerra e per Viool. Ella è questa una violazione flagrante del contratto, contro cui ogni socio può reclamare, non solamente per non sopportarne il danno, ma perchè si trovi modo che non si riproducano simili abusi.

Niuno ha mai contrastato a Barbaja di aver *communicazione con i terzi, di trattare con essi, di firmare le lettere che convenisse dirigere ai medesimi (a)*, siccome rappresentante della Società: ma appunto perchè ha tal qualità verso i terzi, non può nè deve scrivere ad essi in modo da obbligare la Società, senza prima averne ricevuto l'autorizzazione dal Consiglio per stringere tale o tal'altra obbligazione. Nè il sig. Flauto ha mai invidiato questa facoltà al sig. Barbaja, e solo desidera insieme agli altri socii attori nel giudizio, che sia ristretta tra i confini segnati dal contratto.

Conveniamo pure, *che se l'Impresario trascuri in qualche cosa, che non sia un'obbligazione, di riferirla al Consiglio; non è detto in verun luogo che la sua operazione sia nulla, o che lo esponga a qualche danno (b).* Osserviamo però, che *la qualche cosa, che non sia una obbligazione*, non deve turbare *il modo dell'andamento dell'Impresa:* intorno al quale egli è obbligato di consultare il Consiglio; nè riuscir pregiudizievole alla Impresa medesima; purchè allora egli incorrerebbe nella responsabilità per legge e per patto.

Egli è ancora certo, che le obbligazioni contratte senza l'autorizzazione del Consiglio debbono conside-

(a) Vedi la difesa di Barbaja pag. 26.
(b) Parole della difesa di Barbaja pag. 18.

rarsi *come personali al loro autore*: ciò per altro ha luogo ne' rapporti fra l'Impresario, e la Società, la quale dev'essere ristorata del danno; ma non toglie che essa rimanga obbligata verso i terzi, appunto perchè il signor Barbaja a fronte di essi rappresenta la Società medesima. Egli è questo grave inconveniente, ad evitare il quale bisogna trovare energico ed efficace rimedio, e ce l'offre maravigliosamente la forza e la potestà del contratto.

Ogni contratto appresta ai patteggiatori un'azione per la osservanza delle cose espressamente convenute, non che di quelle necessariamente conseguenti e dipendenti. Conciossiacchè sono regole di diritto, essere i patti leggi fra i contraenti; attendersi la loro mente più che le parole adoperate; spiegarsi le clausole de' contratti le une per mezzo delle altre, dando a ciascuna il senso che risulta dall'atto intero; volere i mezzi chi si propone il fine; valer meglio di conservare illesi i proprii diritti, anzicchè, vulnerati, cercarvi rimedio.

Ora è legge fondamentale del contratto sociale in discorso, non potere il signor Barbaja contrarre obbligazione veruna senza la previa autorizzazione del Consiglio. Non cade dubbio, che questa legge debba inviolabilmente osservarsi. Quindi sorge dal contratto il diritto a trovare il mezzo efficace per ottenere il fine.

Il contratto medesimo racchiude la sanzion penale contro gli amministratori, lasciando a loro peso le obbligazioni assunte per la Impresa, quante volte non fossero state prima autorizzate dal Consiglio. Ma ciò non toglie che la Società resti ligata verso i terzi, e soltanto può rivolgersi contro gli amministratori per essere ristorata del danno, che niuno può esser forzato a patir prima, per poi ricorrere al rimedio. E sarebbe cosa assurda volersi attenere alle parole di un contratto, anzicchè indagare quale fosse stata la comune intenzione delle parti contraenti; e tanto più assurda, in quanto che la principale condizione rimarrebbe senza vincolo di diritto per reclamarne la osservanza; ed in luogo d'interpetrare una clausola per mezzo dell'altra nella maniera di attribuire a ciascuna il senso che risulta dall'atto intero, tutta la forza e potestà della prima, che deve operare per se stessa l'effetto che l'è proprio, sarebbe distrutta dalla seconda contro la manifesta intenzione dei contraenti, i quali principalmente vollero, che la società non rimanesse esposta alle obbligazioni contratte dagli amministratori senza l'autorizzazione del Consiglio, e sussidiariamente essere rivaluti del danno.

Se queste regole del diritto son certe, siccome sono certissime, niuno oserà dubitare, che i socii hanno dritto ed azione ad evitare, che la Società non si trovi avvinta da obbligazioni assunte dagli amministratori senza autorizzazione del Consiglio, anzicchè rivolgersi poscia contro i medesimi per essere rilevati dal danno: tanto maggiormente che, avendo il signor Barbaja la direzione degli spettacoli, non vi è modo da impedire che gli attori per lui scritturati non agiscano; e quindi la società si ritroverebbe nella penosa situazione di non veder rispettate le sue leggi, e d'invilupparsi in altrettante liti, per deciferare qual sia l'aumento nell'introito, che a Barbaja piace attribuire alla comparsa di questo o di quell'altro attore sulle scene; siccome la esperienza sventuratamente ne fa certi.

Rimedio semplicissimo ad evitare un tanto disordine, ed a far rispettare la legge sociale, ci viene offerto spontaneamente dallo stesso contratto.

Se egli è vero da un lato, che niuna obbligazione deve pesare sulla Società, ove non sia stato l'Impresario preventivamente autorizzato dal Consiglio amministrativo a contrarla; se è vero dall'altro, che Barbaja, per la rappresentanza che sostiene verso i terzi, può obbligare la Società medesima a favor di costoro, ed a dispetto del contratto sociale; se è pur vero, che i socii han diritto ed azione a vedere eseguita la legge fondamentale della Società, e' la principal garentia dei loro interessi; se a conseguire un tale scopo, non può rifiutarsi il mezzo opportuno; se questo mezzo debb'esser tale da impedire il male dal suo principio; il mezzo appunto sarà quello di far noto al pubblico, che niuna obbligazione dell'Impresario obbligherà la Società, ove in essa non sia indicata la corrispondente deliberazione del Consiglio d'Amministrazione, certificata dal presidente, o dall'altro socio amministratore.

E quì torna a proposito una grave avvertenza, ed è, che secondo il contratto non è il solo Barbaja socio amministratore, ma ancora il signor Flauto, cui è delegata la *economia dell'Impresa, ed il regolarne la contabilità*: cose le quali non possono procedere regolarmente, senza che le obbligazioni da contrarsi sieno state debitamente autorizzate dal Consiglio; altrimenti non può prenderne ragione nella scrittura sociale l'altro socio amministratore signor Flauto; se non voglia dividerne la responsabilità; e quindi rimarrebbe disordinato tutto l'andamento della Impresa, e scomposta la economia della Società.

Guardata dunque la cosa sotto tutti gli aspetti, il freno da imporsi al signor Barbaja ha per se la garentia del contratto e di ogni giustizia; ed egli dovrebbe desiderarlo, se pure una volta vorrà decidersi ad osservare il contratto.

CAPITOLO VI.

SU GLI ABUSI PIU' GRAVI COMMESSI DAL SIG. BARBAJA.

Cennammo in sul cominciare, che tre abusi ferirono più vivamente i socii, vale a dire:

1.º I modi che Barbaja adoperò per trar profitto dal suo vestiario col danno della Impresa:

2.º Il togliere continuamente anticipazioni sulla

sovvenzione del Real Governo, e rivolgerle a suoi particolari bisogni:

3.º Lo scritturare senza numero artisti mediocrissimi con grave perdita della Società, e senza trarne neppure il vantaggio di meglio servire il pubblico:

Ed eccoci a darne brevemente la dimostrazione.

Il signor Guillaume, esperto appaltatore del vestiario, di cui era oltre ogni credere riccamente fornito, offriva di prenderne l'appalto dalla Società, e richiedeva duc. 750 per mese.

Il Consiglio di amministrazione inclinava a stringere il contratto con lui, anche perchè si allontanava per tal modo un litigio; prevalendosi il sig. Guillaume del patto, mercè il quale la Società d'industrie, e belle arti, nel cui luogo era subentrato, poteva obbligare la nuova Impresa a prendersi il vestiario, che ad ingente somma ascendeva.

Accorto il Barbaja dissuadeva il contratto, pretessendo, che facendo la Società il vestiario per suo proprio conto avrebbe risparmiato di molto; e che bisognava credere alle sue parole, dotto per lunga esperienza di simili faccende.

Ma ben altro disegno il Barbaja volgeva in suo pensiero: conciossiachè è da sapersi aver egli gli avvanzi di un antico vestiario, che, quando era intero, non trovò chi lo comprasse duc. 6,000, quanti egli ne pretendeva; e di mano in mano ne aveva già venduto il meglio per ducati 4,000, cosicchè ne avanzava solo per ducati 2,000, se voglia credersi giusto il valore da lui stesso desiderato.

Ottenuto farsi il vestiario in economia, cominciò a prendere delle somme in conto dalla cassa sociale, e già si aveva recato in mano ducati 9,400 dal 6 luglio 1836 a tutto il 13 marzo 1837; mentre la Società dandolo in appalto al signor Guillaume avrebbe spesi soli duc. 6,325.

Nè questo è tutto: il sig. Barbaja propose a questo servizio della Impresa un suo nipote, il quale istruito da lui ebbe la industria di mescolare il vecchio vestiario al nuovo, e confonderlo in maniera da renderne impossibile la separazione, la mercè di una artificiale *specificazione*.

Avvedutosi il Consiglio di amministrazione di essere stato colto alla rete dal signor Barbaja, si determinò a troncare il male, ordinando che dal 1.° aprile 1837 avesse luogo il contratto con Guillaume.

Allora il signor Barbaja gettò via la maschera, e pretese ingenti somme per lo vestiario, e fu mestieri venire a composizione con lui per evitare i rancori di una lite, abbandonando niente meno che la intera proprietà del vestiario, quasi egli lo avesse fornito per appalto; al qual titolo ritenne i ducati 9,400, che si aveva presi, più altri ducati 100; e bisognò in pari tempo comprare lo stesso vestiario da lui per ducati 9,000, ed obbligare Guillaume a prenderselo per ducati 9,600, de' quali 600 cedevano a profitto dello stesso Barbaja. Ed avendo il signor Guillaume dovuto subire sì forte sacrifizio, fu impossibile ottenere alcun risparmio sulla somma da lui pretesa per l'appalto; risparmio che egli avrebbe conceduto pur volentieri, siccome apertamente dichiarava a tutti.

In somma da un lato Barbaja persuadendo economia al Consiglio, mise a traffico un vestiario vecchio e sdrucito, che non valeva più di ducati 2000, e ne ha ricavato ducati 19,100, cioè 18,500 dalla Società, e 600 da Guillaume; e dall'altro lato la Impresa ha pagato prima ducati 9500 per costruire un vestiario senza acquistarne la proprietà, e poscia duc. 9000 per comprarselo, de' quali soltanto attende il rimborso dopo quattro anni da Guillaume senza interesse alcuno.

Aggiungi, che Barbaja permise l'uso di due pianoforti, e di un *tam-tam*, ed indi ne pretese l'affitto; per cui la Società fu obbligata a comprarli per ducati 1000, quant'egli ne volle.

Divenuto Barbaja creditore della Società in ducati 10,000 per le cause testè enunciate, li rivolse in pagamento di sette azioni proprie, di due del Cav. Niccolini, e di una del signor del Nero, de' quali era egli debitore; e restò tuttavia a pagare tre azioni di suo proprio conto, che finora non ha soddisfatte nè in tutto nè in parte.

Ecco in qual maniera il signor Barbaja proccurava i vantaggi della Società, prendeva e pagava le azioni.

Fatti così gravi dovevan produrre, che i socii ritirassero la cieca fiducia in lui riposta; e pur ven'era altro assai più grave, quanto quello di togliere continuamente anticipazioni dal Real Governo, abusando della qualità d'Impresario, e rivolgendole ad estinguere sue particolari obbligazioni, con discapito non meno degli interessi sociali, che del decoro della Società e de'socii che la componevano; mentre nella cassa sociale vi fu mai sempre supero considerevole di numerario e di effetti: e per seguire il sistema, che i fatti provino il torto del signor Barbaja, lontana ogni industria della difesa, presentiamo al pubblico in fine di questa memoria lo specchio delle anticipazioni prese dal signor Barbaja; ed altro specchio dello stato di cassa, onde sia agevole il paragone, e sicuro il giudizio del niun bisogno della Società, e dell'abuso commesso dal signor Barbaja.

Passi di aver Barbaja messo a debito della Società tutti i suoi impiegati, con paghe ancora più forti, e di aver voluto piantare l'amministrazione in sua casa, tassando a suo modo la pigione. Il Consiglio di amministrazione saprà risecare le spese superflue, e trasportare l'Amministrazione in uno dei locali della Impresa, la quale ne ha più del bisogno.

Passi di aver dovuto la Società pagare debiti non suoi a Barbaja o per Barbaja. — Passi di aver Barbaja disposto de'palchi in una quantità strabbocchevole, che tocca gli 8,000 ducati. — Passi di aver tolta la madrefede dal Cassiere, e si dovette ricorrere a proteste con atto di usciere per farglicla restituire. — Sia pace a queste e ad altre cose, che la moderazione de' socii non permette di riandare.

Rimane a dire dello sciupo dei capitali sociali per avere il signor Barbaja scritturati senza previa autorizzazione del Consiglio artisti mediocrissimi, inutili alla Impresa, e non tollerati dal pubblico. Ma se volessimo tessere questo catalogo, mancherebbe a noi la lena, al pubblico la pazienza di ascoltarci: e daremmo opera ad inutile lavoro, perchè tutti questi danni la Società gli ha sofferti per amor della pace, e si è rassegnata a farne proprio il debito: e siamo stati forzati a ricordarli, onde non si creda che per i soli contratti di Guerra e di Viool sia divampato il giudizio. Questi contratti han dato la ripruova della necessità di più efficace mezzo a refrenare l' arbitrio del signor Barbaja, ed han prestato la occasione di domandarla alla giustizia, per evitare mali maggiori; tanto più che con somma maraviglia per tre scritture importanti si è veduto, che il signor Barbaja possedeva le controscritture, delle quali il Consiglio non aveva avuto prima notizia.

E volendo pur considerarli isolatamente e per loro stessi, è uopo sapere, avere il Consiglio di amministrazione stabilito un contratto con Guerra, che rimase inutile per essersi conceduta dal Real Governo la preferenza a Guillaume. Finita la licenza data a costui, e ricomparso Guerra, il Consiglio teneva fermo al contratto già conchiuso con lui assai vantaggioso per la Impresa, nè vi era ragione o pretesto da mutarne le condizioni. Ciò non pertanto Barbaja abusando della sua qualità d' Impresario a fronte dei terzi, sottoscriveva un diverso contratto, e Guerra dava cominciamento ai suoi spettacoli a dispetto del Consiglio di Amministrazione, che rimaneva legato suo malgrado dalla firma del socio Impresario; il che non sarebbe avvenuto, se per obbligare la Società verso i terzi fosse stato mestieri, che il contratto avesse contenuto la notizia della corrispondente deliberazione, certificata dal presidente, o dall'altro socio amministratore.

Altrettanto avvenne per Viool. Il Consiglio persuaso, che la varietà negli spettacoli richiama il concorso del pubblico, e la monotonia ingenera noja e disgusto, con sano accorgimento limitava a dieci le rappresentazioni del Viool. Barbaja in vece formava un contratto diverso per cui impegnava la Società a tutto il Carnovale. Il fatto prova, che il pubblico non ha più tollerato il Viool, e Barbaja ha dovuto cederlo al sig. Guerra. Dunque, quando pure il sig. Barbaja voglia reputarsi un censore, anzicchè un esecutore delle deliberazioni del Consiglio, bene questo avvisava, e male egli si permetteva di fare diversamente.

E che sia dovuta al sano accorgimento del Consiglio, ed alla espertezza del socio amministratore signor Flauto il vedere rilevata la Società dalle rovine, in cui l'aveva gettata il signor Barbaja, ed il ritrovarsi oggi *in fiore*, siccome è detto nella sua stessa difesa, basta istituire il paragone fra il tempo in cui il Consiglio erasi abbandonato con cieca fiducia al signor Barbaja, e lo stato attuale delle cose, ora che ha ripreso la sua autorità, ha dato norma al servizio de' Reali Teatri, resiste agli abusi del Barbaja, vuol renderli impossibili, e mantenere la osservanza del contratto.

Ed in vero la spesa dimostrata necessaria al servizio de' Reali Teatri nel corso del volgente anno non oltrepassava i ducati 113,000: ma essendo a cuore del Consiglio la piena soddisfazione del pubblico, e del Real Governo, anche al di là degli obblighi assunti nel contratto, non è stato restio ad estenderla a ducati 120,000 o in quel torno.

Di quì è chiaro, che nel primo anno della Impresa, in cui i Teatri agirono per soli otto mesi, la spesa in proporzione avrebbe dovuto essere di duc. 80,000; ma se ne spesero, arbitro Barbaja del servizio, ducati 98,833, 42: vale a dire circa duc. 20,000 di più.

Nel secondo anno teatrale, quando per ben due volte quel tremendo malore invase il Regno, e più che in ogni altra parte scoppiò il suo flagello sulla Capitale, Barbaja sciolto da ogni freno, essendo rimasto deserto il Consiglio, spese duc. 146,875, 54, superando la spesa attuale di duc. 27,000 circa; donde la perdita di duc. 17,000, in luogo di un utile di duc. 10,000, ragguagliate le spese alla stessa misura, che oggi soddisfa a tutti i bisogni della Impresa.

In questo terzo anno appunto il Teatro vanta *di posseder la De Begnis*, e dovremmo sentir meno amicizia per lei ed ammirazione per le sue qualità, e per i pregi che l'adornano, per tesserne il meritato elogio, senza che la malignità ci addebitasse di favore, e di amor di parte: — *è rallegrato dalle danze della coppia di Perrot — nell'esercizio delle parti mimiche si fa gloria della Porta; percui non può dirsi al certo privo di massimi artisti*: e sarebbe follia pretendere, *che ne offra tanti riuniti, di quanti brillano i Teatri di Parigi e di Londra; poichè molto manca a possedere quei mezzi, coi quali gl'Impresarii d'Inghilterra e di Francia sono usi a rimunerare le loro armoniche fatiche.* Altronde non è meno vero di aver ben meritato dal pubblico un Barroilhet, *che va montando rapidamente per la scala della perfezione, e già fa segno di raggiungere i Tamburini ed i Lablache:* un Basadonna *per gentilezza di canto, e per profondità nella musica, e per nobiltà, per esattezza, e verità di azione:* un Salvi *per soavità nel canto:* un Nourrit *per declamazione viva ed animata; i cui allori inaffiati dalla Senna, sono pur verdeggianti sulle rive del Sebeto:* una Buccini *recentemente conquistata alle scene di Napoli, qual forse all'età sua si mostrò la Pesaroni:* han pure il loro merito *le sorelline Taglioni:* sono ancor vive le impressioni della voce *limpida, e melodica della Palazzesi;* e non sapremmo lodare abbastanza la Speck, cui natura fu prodiga di bellezza e di sensibilità, e per arte si mostra, *agile nel canto, nel portamento maestosa*, e tanta verità induce nella espressione degli affetti, da imprimerne vivamente la sensazione nell'animo degli spettatori. — Tutti questi artisti, ed altri di minor grido adornano le scene con piena soddisfazione del pubblico, mercè le cure del Consiglio di amministrazione in questo anno teatrale, che veramente egli sostiene, e dirige la Impresa: e la diresti benedetta dal GENIO, per lo favore che han meritato il *Belisario* ed il *duca d'Essex*, prodotti applauditissimi della virtù del Donizzetti; ed il *Giuramento* capolavoro del Mercadante. (a)

La trista esperienza dunque del passato, e la coscienza del presente rendono giustamente solleciti i socii attori nel giudizio a reclamare la osservanza del contratto; al che il signor Barbaja dovrebbe concorrere per proprio vantaggio, se non volesse farlo per dovere; ben lungi dall'insorgere, e dal malignare le più rette intenzioni.

CAPITOLO VII.

SU LA DOMANDA RICONVENZIONALE DEL SIG. BARBAJA CONTRA L'ALTRO SOCIO AMMINISTRATORE SIG. FLAUTO.

Il signor Flauto ha un gran torto, ed il confessa con suo dolore e pentimento, cioè quello di non aver prima cercato di por freno agli abusi del signor Barbaja, donde n'è derivato grave danno alla Società; e come egli sappia farlo, il prova lo stato discusso di questo anno, sua opera, per cui la Società è risorta.

Niuno poi meglio del signor Barbaja dovrebbe conoscere, che l'indugio messo alla formazione del bi-

(a) V. in qual maniera Barbaja si appropria tutto il merito della floridezza della Impresa in questo anno teatrale. Pag. 19 e 20 della sua difesa.

lancio generale dipendeva dallo scompiglio che regnava in tutte le operazioni; e che bisognava trovar modo da dargli un aspetto di regolarità, comunque non potesse in realtà averla, largheggiando in concessioni, e temperando il giusto risentimento dei socii.

D'altra parte chi abbia la più leggiera notizia di simili faccende conosce troppo, che il conto della gestione di un anno teatrale non può darsi immediatamente allo spirar di esso, quando pure l'amministrazione avesse proceduto con tutta la regolarità possibile, di che è troppo lontana quella tenuta nei primi due anni dal signor Barbaja; massime nel secondo, in cui tutto fu commesso al suo arbitrio. Malgrado ciò il signor Flauto ha già soddisfatto il desiderio del signor Barbaja, e non ha pagato della stessa moneta la ingratitudine di lui; memore, che UNA ROTTA AMICIZIA È UN TEMPIO ATTERRATO, SULLE CUI ROVINE ANCOR PASSEGGIA LA RELIGIONE. Aggiungi, che Flauto e gli altri socii vogliono essere indulgenti per lo tempo andato, e passar sopra a tutte le violazioni del contratto, per quanto intendono di sostenerne la rigorosa osservanza per l'avvenire.

CONCHIUSIONE.

Riassumendo le cose che fin qui abbiamo discorse, è innegabile, che il foglio sociale vieti a Barbaja contrarre ogni maniera di obbligazioni, se prima non sia a ciò autorizzato dal Consiglio di Amministrazione. È innegabile, che la trasgressione di questo precetto lasci a peso di lui le obbligazioni contratte. È pure innegabile, che il sig. Barbaja possa compromettere la Società verso i terzi a dispetto del Consiglio. È innegabile, che tanto abuso siasi avverato con grave danno della Società. È innegabile, che i Socii abbiano diritto ed azione a reclamare la esecuzione di una legge fondamentale della Società, che forma la principal garentia de' loro interessi. È innegabile, che niuno debba rimanere esposto a soffrire il danno, per arbitrio altrui, quando ha dritto di refrenar questo, e d'impedire che quello avvenga. È innegabile davvantaggio, che forti lucri abbia fatto Barbaja, e forti perdite patite la Società, finchè egli, non già il Consiglio, regolò l'andamento della Impresa. Da ultimo è innegabile, che questo terzo anno teatrale, diretto dal Consiglio, promette di rammarginare le piaghe de' precedenti.

Tanto maggiore è dunque il torto di Barbaja, quanto per le cure del Consiglio *non può dirsi che l'Impresa si trovi in atto di perdita*, e pur molta ne soffriva per opera di lui. Si pieghi una volta ad osservare il contratto, e ferma garentia assicuri, che niuna obbligazione possa egli imporre alla Società a malgrado del Consiglio: è questo il solo mezzo *da rimettere i Socii in calma*. Ma dove in Barbaja *sia fitto il pensiero della guerra, ci auguriamo che l'autorità de' Giudici gli sappia por freno. (a)*

Antonio Starace.

(a) V. la conchiusione della difesa di Barbaja.

STATO DELLE RESTE

NELLA CASSA

DE' REALI TEATRI

DA GIUGNO 1836, A TUTTO NOVEMBRE 1838.

———◆———

Nel corso del mese di giugno 1836 s'introitò nella Cassa
de' Reali Teatri la summa di . . . D. 14,902, 57
Le spese fatte ascesero a . . . . . . » 1,944. 00

Resta di cassa alla fine di giugno » 12,958. 57

Mese di luglio 1836.

Al finir di luglio 1836 gl' introiti si elevavano a . . . . » 24,909. 57
dai quali dedotte le spese in . . . » 9,589. 29

Restarono in Cassa . . . . . » 15,320. 28

Mese di agosto 1836.

Sul finir di agosto 1836, gl'introiti si elevavano a . . . . » 41,531. —
dai quali dedotte le spese in . . . » 22,529. 43

Restarono in Cassa . . . . . » 19,001. 57

Mese di settembre 1836.

Sul finir di settembre 1836, gl'introiti si elevavano a . . . . » 52,236. 95
dai quali dedotte le spese in . . . » 34,275. 64

Restarono in Cassa . . . . . » 17,961. 31

Mese di ottobre 1836.

Sul finir di ott. 1836, gl'introiti si elevavano a » 60,317. —
dai quali dedotte le spese . . . . » 47,054. —

Restarono in Cassa . . . . . » 13,263. —

Mese di novembre 1836.

Sul finir di novembre 1836 gl' introiti si elevavano a . . . . » 79,191. 11
dai quali dedotte le spese . . . . » 56,305. 19

Restarono in Cassa . . . . . » 22,885. 92

Mese di dicembre 1836.

Sul finir di dicembre 1836 gl' introiti si elevavano a . . . . » 95,248. —
dai quali dedotte le spese in . . . » 66,984. 38

Restarono in Cassa. . . . . » 28,263. 62

Mese di gennajo 1837.

Sul finir di gennajo 1837 gl' introiti si elevavano a. . . . . » 98,945. 30
dai quali dedotte le spese . . . . » 71,345. —

Restarono in Cassa . . . . » 27,600. 30

Mese di febbrajo 1837.

Sul finir di febbrajo 1837 gl'introiti si elevavano a . . . . » 111,207. 81
dai quali dedotte le spese. . . . » 84,519. 64

Restarono in Cassa . . . . » 26,688. 17

Ed al finir dell'annata teatrale 1836 al 1837,
che avvenne a 13 marzo 1837, la resta
di Cassa posentata nel bilancio dell' annata sottoscritta dal cassiere, e presen-
tata all'adunanza generale fu di. . » 51,830. 04

DISTINTI

Per ducati 18,362. 02 in numerario effettivo, e
» 33,468. 02 in valori da realizzarsi.

Eguale » 51,830. 04

SECONDA ANNATA TEATRALE 1837 AL 1838.

Al finir di marzo 1837, gl' introiti compresa
la resta di cassa ascendevano a . . . D. 52,773. 97
dai quali dedotte le spese. . . . . » 2,818. 52

Restarono in Cassa . . . . . » 49,955. 45

Sul finir di aprile 1837 gl'introiti come sopra, ascendevano a . . . . » 55,644, 07
dai quali dedotte le spese . . . . » 9,893. 32

Restarono in Cassa . . . . . » 45,750. 75

Sul finir di maggio 1837 gl' introiti come sopra, ascendevano a . . . . » 72,562. 22
dedotte le spese in . . . . . . » 17,952. 88

Restarono in Cassa . . . . . » 54,609. 34

Sul finir di giugno 1837 gl'introiti come sopra, ascendevano a . . . . » 79,816. 03
dedotte le spese in . . . . . » 24,700. 21

Restarono in Cassa . . . . » 55,115. 82

**

Sul finir di luglio 1837 gl'introiti ascendevano, come sopra . . . . » 85,878. 22
dedotte le spese in . . . . » 34,626. 59

Restarono in Cassa. . . . . » 51,251. 63

Sul finir di agosto 1837 gl'introiti come sopra, ascendevano a . . . . » 93,255. 01
dedotte le spese . . . . » 47,367. 99

Restarono in Cassa . . . » 45,887. 02

Sul finir di settembre 1837 gl'introiti come sopra, ascendevano a . . . . » 107,301. 75
dedotte le spese in . . . . » 65,291. 94

Restarono in Cassa . . . . . » 42,009. 81

Sul finir di ottobre 1837 gl'introiti come sopra, ascendevano a . . . . » 116,150. 61
dedotte le spese . . . . » 82,768. 52

Restarono in Cassa . . . . . » 33,382. 09

Sul finir di novembre 1837 gl'introiti come sopra, ascendevano a . . . . » 120,637. 93
dedotte le spese in . . . . » 101,819. 08

Restarono in Cassa . . . . . » 18,818. 85

Sul finir di dicembre 1837, gl'introiti come sopra, ascendevano a . . . . » 137,872. 25
dedotte le spese in . . . . » 117,992, 43

Restarono in cassa. . . . . . » 19,879. 82

Sul finir di gennajo 1838 gl'introiti come sopra, ascendevano a . . . . » 148,147. 29
dedotte le spese in . . . . . . » 123,029. 87

Restarono in Cassa . . . . . » 25,117. 42

Sul finir di febbrajo 1838 gl'introiti come sopra, ascendevano a . . . . » 161,778. 64
dedotte le spese in . . . . . . » 142,137. 77

Restarono in Cassa . . . . . » 19,640. 87

Sul finir di marzo 1838 gl'introiti come sopra, ascendevano a . . . . » 173,106. 33
dedotte le spese in . . . . . . » 155,213, 53

Restarono in Cassa . . . . . » 17,892. 80

Ed al finir dell'annata Teatrale 1837 al 1838
· la resta di Cassa posentata nel bilancio
dell'annata sottoscritta dal Cassiere fu di . » 21,908. 56

DISTINTI

Per ducati 8,747. 32 in numerario effettivo, e
» 13,161. 24 in valori da realizzarsi.

Gli stessi » 21,908. 56.

TERZA ANNATA TEATRALE 1838 AL 1839.

Al finir di aprile 1838 gl'introiti, compresa
la resta di cassa, ammontarono a . . » 23,626.61
dai quali dedotte le spese . . . . . » 4,874.76

Restarono in Cassa . . . . . » 18,751.85

Sul finir di maggio 1838, gl'introiti, come
sopra, ascesero a . . . . . . » 36,922.42
dedotte le spese . . . . . . » 14,509.51

Restarono in Cassa . . . . » 22,412.91

Sul finir di giugno 1838, gl'introiti come sopra ascendevano a . . . . . . » 47,870.33
dedotte le spese in . . . . . . » 25,116.71

Restarono in Cassa . . . . » 22,753.62

Sul finir di luglio 1838, gl'introiti come sopra, ascesero a . . . . . . » 57,020.19
dedotte le spese in . . . . . . » 36,098.05

Restarono in Cassa . . . . . » 20,922.14

Sul finir di agosto 1838, gl'introiti come sopra, ascesero a . . . . . . » 64,120.16
dedotte le spese . . . . . . » 46,024.16

Restarono in Cassa . . . . . » 18,096.00

Sul finir di settembre 1838, gl'introiti come
sopra, ascesero a . . . . . . » 79,702.09
dedotte le spese . . . . . . » 56,594.85

Restarono in Cassa . . . . . » 23,107.24

Sul finir di ottobre 1838, gl'introiti come sopra, ascesero a . . . . » 90,316. 60
dedotte le spese . . . . » 69,761. 86

Restarono in Cassa . . . . . » 20,554. 74

Sul finir di novembre 1838 , gl' introiti come
sopra, ascesero a . . . . » 112,100. 27
dedotte le spese in . . . . . . » 79,010. 94

Restarono in Cassa . . . . . » 33,089 33

SPECCHIO

DELLE SOMME

CHE SI HA FATTO ANTICIPARE IL SIG. BARBAJA.

PER ESCOMPUTARLE SULL' ASSEGNO

DE' REALI TEATRI.

In seguito di sua dimanda, nella quale esponea urgenza della teatrale Impresa ottenne, con Ministeriale di S. E. il Ministro delle Finanze de' 16 marzo 1837 dalla Tesoreria generale un' imprestito, di . . D. 10,000 colla condizione di doversi ritenere a ducati 500 il mese sull' assegno de' Reali Teatri da aprile 1837 in poi.

Per effetto di altra sua domanda, e nella veduta che la Cassa di sconto andava a procedere contro di lui per una cambiale di . . . » 7,000 scontata nella Cassa medesima di firma di esso Barbaja come accettante, e de' signori Antonio Calvarola ed Errico Gisin come giranti, per Ministeriale del 1.º agosto 1837 fu la cambiale stessa pagata dalla Tesoreria generale, ritenendosene l' ammontare sugli assegni spettanti ai Reali Teatri de' mesi di ottobre e novembre di quell' anno.

Con altra dimanda Barbaja fece rilevare, che senza soccorso non avrebbe potuto menare innanzi l' Impresa de' Reali Teatri, mancandogli i mezzi pecuniarii, e con Ministeriale delle Finanze de' 9 novembre 1837, fu autorizzata la Cassa di sconto ad ammettere due cambiali di firma del signor Barbaja di D. 4000 ognuna con facoltà

Da riportarsi . . D. 17,000